Maj Sjöwall
Jürgen Alberts

Erbsensuppe flambiert

EUROPA VERLAG

GourmetCrime:

Stockholm

Maj Sjöwall
Jürgen Alberts

Erbsensuppe flambiert

Herausgegeben von **Jürgen Alberts**

Europa Verlag
Hamburg · Wien

Umschlaggestaltung: +malsy, kommunikation und gestaltung, Bremen
Satz: Hanseatisches Satzkontor, Hamburg
Druck und Bindung: Offizin Andersen Nexö, Leipzig
ISBN 3-203-85209-8

Informationen über unser Programm erhalten Sie beim
Europa Verlag, Neuer Wall 10, 20354 Hamburg
oder unter www.europaverlag.de

1. Kapitel

Er erkannte die Stimme sofort, obwohl beide noch nie einen Satz miteinander gewechselt hatten. Dieses rauchige R, das gar nicht zum Schwedischen passte.

Nur langsam kam das Einchecken voran. Carl-Ulrik Borg hoffte, einen Platz in der Maschine nach Stockholm zu ergattern. Da hieß es dranbleiben, sich nicht abdrängen lassen. Vor ihm war ein Dreiergrüppchen, angetrunkene Fußballfans, die auch auf der Warteliste standen. Als Einzelner hatte er sicher größere Chancen mitzufliegen. Er kannte die Bodenstewardess, die darüber wachte, dass keiner der *standbys* aus der Reihe tanzte. Und dann hatte sein Handy geklingelt.

Seit mehr als zehn Jahren hatte er auf diesen Anruf gewartet, und doch, als er kam, war Borg zu Tode erschreckt. Es handelte sich nur um drei Sätze, die der Anrufer ihm mitgeteilt hatte. Bevor Borg antworten konnte, war die Leitung schon wieder unterbrochen worden.

Carl-Ulrik Borg musste dem Dreiergrüppchen den Vortritt lassen. Hatten sie die Stewardess bestochen? Bei der SAS ausgeschlossen.

»Hab ich noch eine Chance?«, fragte Borg.

»Sie doch immer«, lächelte die Stewardess, nahm sein Ticket und schob es in den Registrierautomaten.

Borg schaltete sein Handy aus. Woher hatte der Anrufer seine private Handy-Nummer? Der Kreis derjenigen, die darüber verfügten, war sehr limitiert. Borg würde jeden Einzelnen überprüfen. Kaum mehr als zwei Dutzend Leute durften sich glücklich schätzen, Borg auf diesem Handy anrufen zu können.

Die *Nordic Global Enterprises* hätte Borg auch dieses Mobiltelefon, sein drittes, finanziert, aber er hatte darauf bestanden, selbst die Kosten dafür zu tragen. Nur so war garantiert, dass sich seine Rufnummer nicht schneller verbreitete, als ein Wüstenwind den Sand vor sich hertrieb.

»Wir müssen miteinander reden, Cubbe!« So hatte der erste Satz gelautet. Cubbe nannten ihn viele. Dieser Spitzname stammte schon aus seiner Schulzeit. Und immer waren es seine Freunde, Mitstreiter oder Gegner gewesen, die ihn weitertrugen. Die ganze Karriereleiter hinauf: Studium in Stockholm und Paris, Promotion in Harvard, Bankkaufmann in Berlin, Zürich und Wien, und dann der in den *homestories* immer wieder gern zitierte rasante Aufstieg bis zum Bankmanager der *NGE.* Spezialgebiet: Aufkauf von Banken im In- und Ausland.

Mit schnellen Schritten ging er durch die Passagierschleuse. Seit Heathrow zum letzten Mal umgebaut worden war, kamen ihm diese schlauchartigen Gänge so vor, als hätte Franz Kafka die Bauzeichnungen dafür angefertigt.

Die Sitzung in der Londoner Filialdirektion war zu Borgs Zufriedenheit ausgefallen. Sie hatten einen Schlachtplan entwickelt, welche Banken sie als nächste aufkaufen wollten. Auf der ganzen Welt verfügte die *NGE* über Spione, die von internen Geschäftsberichten, Kalkulationsrisiken oder partiellen Cash-Krisen zu berichten wussten. Mit diesem *background* konnte Borg seine Lockangebote machen. Seine Tätigkeit habe große Ähnlichkeit mit der Venusfliegenfalle, sagte der Bankmanager gern in Interviews, speziell wenn sie von Journalistinnen geführt wurden.

Dieser Anruf konnte alles zunichte machen. Wenn

Kim etwas davon erfuhr, würde er den Erklärungsnotstand ausrufen müssen. Weiße Flagge, Frieden, ich ergebe mich.

Er hatte seine Frau Kim auf einer Party der oberen Zehntausend getroffen. Im *Stadshuset,* wo alljährlich der Nobelpreis verliehen wurde, auf einer der Gala-Parties, die sich unter den Reichen der Stadt großer Beliebtheit erfreuten. Sie war zehn Jahre jünger als er, hatte eine solide internationale Ausbildung in Wirtschaftsrecht genossen und war nun die elegante Vorsitzende einiger Wohltätigkeitsclubs. Und umsichtige Mutter ihrer beiden Töchter. Sie war für Borg ein wunderbares Accessoire, mit ihrer Erscheinung konnte er perfekt repräsentieren – immer wieder tauchten die beiden in den Hochglanzmagazinen auf. *People who like to be seen.* Zweimal hatten sie die Trophäe *best couple of the year* gewonnen.

»Das Stichwort lautet: *Belmar.*« Während Borg seinem Stammplatz in der zweiten Reihe zustrebte, dachte er an den Anrufer, dessen R ihn nervös gemacht hatte. Ihm kam ein lächerlicher Gedanke. Natürlich würde die Geschichte Schlagzeilen machen, aber waren die wirklich so unerfreulich? Wie lange lag das alles zurück? Mehr als zwanzig

Jahre. Jugendsünden, mein Gott, wer hat damals nicht über die Stränge geschlagen. Ein paar Tage würde sich die Geschichte in der Presse halten, dann würde sie vom nächsten Skandal überdeckt. Nur Kim konnte ihm da einen Strich durch die Rechnung machen.

»Ein Gläschen Champagner, Herr Borg?« Die Stewardess kannte alle Passagiere der *busines class* mit Namen.

»Lieber einen Wodka«, gab der Bankmanager abwesend von sich. Nur wenige Augenblicke später hatte er einen doppelten vor sich stehen.

Wer kannte diesen Namen? *Belmar, Belmar.* Wie eine Beschwörung ausgesprochen. Stichwort: *Belmar.* Carl-Ulrik Borg hatte nicht den geringsten Zweifel, um wen es sich handelte. Schon einmal hatte er geglaubt, diese Stimme erkannt zu haben. Aber damals hatte er sich getäuscht. Ein Journalist stocherte mit der Stange im Nebel. Hatte irgendetwas aufgeschnappt. Dieser Angriff war leicht zu parieren gewesen.

Er drückte sich tief in seinen ledergepolsterten Sitz, bevor er den doppelten Wodka in sich hineinkippte.

»Restaurant *Svenssons,* morgen 20 Uhr.« Dann hatte der Anrufer aufgelegt. Borg nahm seinen elektronischen Eckermann zur Hand und blätterte in seinem Terminkalender. Er erschrak ein zweites Mal, als er feststellte, mit wem er am nächsten Abend verabredet war. Er würde eine Notlüge gebrauchen müssen, *a white lie,* wie er dieses Verfahren nannte, in dem er eine gewisse Meisterschaft erlangt hatte. Nur Kim würde sich nicht von ihm hinters Licht führen lassen. Er wusste zwar, wo sich das *Svenssons* befand, in der Sibyllegatan im Östermalm-Viertel, aber er war noch nie dort gewesen. Trotzdem musste er sich etwas einfallen lassen. Zu leicht hätte irgendein Tölpel ihn erkennen können. »Mensch, Cubbe, dass ich dir mal persönlich die Hand schütteln darf.« Selbst sein Spitzname tauchte in den führenden Klatschspalten auf.

Obwohl das Telefonieren im Flieger ausdrücklich verboten war, wählte Borg eine Nummer und sprach leise in sein Firmenhandy. »Ich hoffe, du kannst mir das nachsehen … ich weiß, dass wir den Termin schon lange ausgemacht hatten … meine Sekretärin hat da Mist gebaut … ja, ja, ein privates Treffen mit *ihm* … darf keiner was von erfahren … Wir holen das nach … Du kannst dich auf mich verlassen. Danke dir … ich wusste, dass du Verständnis hast.« Wenn Borg bei seinen engsten Mitarbeitern von *ihm* redete, dann war der Premierminister gemeint, der sich gelegentlich mit Cubbe besprach, wie er diesem oder jenem Wirtschaftsmagnaten im Ausland zu begegnen habe. Borg kannte sie alle. Schließlich hatte er in manchen Ländern schon eine oder zwei Banken dazugekauft.

Wieder kam ihm der Anrufer in den Sinn. Nun war es also so weit. Mal sehen, was er forderte. Solange es nur um Geld ging, konnte Cubbe keine Summe erschüttern. Aber er wurde das Gefühl nicht los, dass sich hinter dem Stichwort Belmar etwas ganz anderes verbarg.

Der zweite doppelte Wodka schmeckte auch nicht schlechter als der erste. Langsam entspannte sich Borg.

Warum hatte sich Kai nicht früher gemeldet? Was war aus ihm geworden? Lebte er überhaupt in Schweden? Sein privates Handy hatte ihm nur angezeigt: unbekannte Nummer.

»Und, habt ihr wieder jemand geschluckt?«, fragte ein Grauhaariger, der auf der anderen Seite des

Ganges saß. Er hob sein Weinglas und prostete zu Borg hinüber, als hätten sie gemeinsam die Schulbank gedrückt.

Cubbe wandte sich ab. Am besten gar nicht reagieren, dachte er. Einfach leerlaufen lassen. Der Grauhaarige traute sich bestimmt nicht, seine Frage ein zweites Mal zu stellen. Wenn ein Borg nicht antwortete, glich das einer Bestrafung der ersten Kategorie. Leider konnte er mit Kai nicht so verfahren. Das würde zu gefährlich werden.

Kim hatte morgen Abend eine Ausschusssitzung, die sie nach Malmö führte. Für sie musste er sich – wegen des geänderten Treffens – keine Notlüge ausdenken.

Die Stewardess kam mit der Wodkaflasche. »Können Sie noch einen gebrauchen, Herr Borg?«

Cubbe lehnte ab. »Ein Espresso wär mir lieber.«

Das *Svenssons!* Mein Gott, verkehrte da nicht Olav? Hatte der nicht stets von der einmaligen Küche dort geschwärmt?

Am besten wäre es, er würde Kai vor der Tür des Restaurants abfangen und dann mit ihm wegfahren. Irgendwohin, wo niemand sie beide kannte.

Borg spürte, wie die Anspannung wieder wuchs.

Er malte sich aus, was wäre, wenn Kai ein Profi war. Cubbe nannte alle die Menschen Profis, die niemals aufgaben, die alle Tricks kannten und bereit waren, sie einzusetzen, um ihr Ziel zu erreichen; die auf der Klaviatur der Mediengesellschaft genauso spielen konnten wie auf dem Intrigenpiano, das meist nur hinter verschlossenen Türen zu vernehmen war. Wie würde ich dieses Spiel spielen, dachte Cubbe und versetzte sich in Kais Situation. Mit Geld würde sich die Geschichte nicht aus dem Weg räumen lassen. Borg erschrak, welche Möglichkeiten ihm in den Sinn kamen.

»Ich glaube, ich brauche doch noch einen Wodka zum Espresso«, sagte er zu der Stewardess, als sie ihm den Kaffee servierte, »aber einen einfachen.«

Die Stewardess lächelte.

2. Kapitel

Kai presste die Wimpern mit beiden Fingern fest an den Lidrand. Als er die Augen wieder aufschlug, betrachtete er seine Arbeit im Spiegel und war durchaus beeindruckt. Die grünen Irislinsen gaben seinem Blick etwas herrlich Verführerisches.

Den ganzen Vormittag hatte er im Saunarium verbracht, ein paar Sonnenbäder taten seiner kaffeebraunen Haut gut. Der Teint bekam auf diese Weise einen schimmernden Glanz.

Wie einfach alles gewesen war. Wie verdammt einfach. Seitdem jemand ihm die Handynummer zugespielt hatte, war für ihn klar gewesen, dass er sich umgehend mit Borg in Verbindung setzen musste. Wie lange war er vor diesem Schritt zurückgewichen? Solange seine Mutter lebte, hatte er deren Wünsche zu respektieren gehabt. Aber seine Mutter war schon seit mehr als elf Monaten tot.

Kai hatte sich drei Perücken im Fundus des Staatstheaters ausgeliehen, obwohl er bereits wusste, dass nur die wasserstoffblonde in Frage kam. Die rötlich schimmernde Perücke war zu nuttig, die schwarze schlicht langweilig. Ein wenig erregt setzte er das Zweithaar auf. Perfekt. Besser konnte der Kontrast zwischen dunklem, bronzenem Hautton und Haarfarbe nicht sein. Kai schaute zum wiederholten Male auf das Bild seiner Mutter. Eine der wenigen Aufnahmen, die ihm geblieben waren. Wie sie am Flügel saß und in die Kamera lächelte. Die weißen Zähne reflektierten matt das Licht der Barbeleuchtung.

Der Anrufer, der ihm Borgs private Handynummer zugespielt hatte, war kurz angebunden gewesen. Und er hatte Kai geduzt, was ihm erst auffiel, als das Gespräch schon lange vorüber war. »Du willst ihn dir sicher zur Brust nehmen. Ich glaube, Cubbe wartet schon lange auf den Anruf. Ich geb dir seine private Nummer, und in der Post findest du ein Pröbchen einer netten Droge. Damit arbeitet die CIA, wenn sie etwas sehr Wichtiges aus einem Staatsfeind herausholen will. Kannst sie einsetzen, wenn du das für nötig hältst.« Der Umschlag, in dem sich das braune Pulver befand, war weder an Kai adressiert noch konnte er einen Absender entdecken. Einfach durch den Briefschlitz geschoben. Kai war über diese private Zustellung ziemlich erbost gewesen. Wo konnte er den fürsorglichen Absender erreichen, der ihm auch gleich noch ein Wahrheitsserum zur Verfügung stellte? An der Wahrheit war Kai allerdings sehr gelegen. Seine ganze Tarnung war darauf ausgerichtet, erst einmal aus der Distanz Carl-Ulrik Borg zu beobachten, um dessen Schwachstellen ausfindig zu machen.

Schon in der Schulzeit war Kai auf den Tuntenwackel gegangen. Er hätte damit sicher ein paar Kronen dazuverdienen können, aber seine Mutter hatte ihn gewarnt. »Wenn ich dich dabei erwische, kannst du was erleben.« Und dabei hätten sie das Geld gut gebrauchen können. Angefangen hatten Kais Verwandlungskünste in der Theatergruppe seiner Schule. *Tootsie* auf der Bühne. Kai hatte das Casting souverän gewonnen. Ständig imitierte er Dustin Hoffman vor dem Spiegel: seinen Gang, seine Blicke, seinen Hüftschwung. Kai konnte den gesamten Dialogpart von Hoffman mitsprechen. Er musste seine Stimme kaum anheben. Diese Filmszene, als *Tootsie* beinah aufgeflogen wäre, hatte Kai immer am meisten gereizt. Die Theateraufführung war ein grandioser Erfolg gewesen. Sie mussten zehn Aufführungen spielen, alle ausverkauft.

Kai schaute auf die Uhr. Noch zwei Stunden bis zu dem Treffen. Bis zu *Svenssons* würde er nicht mehr als vierzig Minuten brauchen. Immerhin wohnte er in Brandbergen, in einem völlig verarmten Viertel am Rande der Stadt.

Die Karriere der Maria Belmar hatte glänzend begonnen. Der Hotelbesitzer des *Ritz,* eines Luxushotels in der Stadtmitte, hatte sie in Kuba aufgegabelt. Sie sang in einer *Casa Trova* in Havanna, neben lauter alten Männern, die kaum noch eine Gitarre halten konnten. Der Hotelbesitzer musste ein paar Leute bestechen, dann hatte er die Ausreisepapiere für Maria Belmar zusammen. Wie eine Jagdtrophäe führte er sie mit sich. Zurück ins winterkalte Stockholm. Nach zwei Wochen intensiver Proben, das Programm musste ein wenig auf den Geschmack der schwedischen und internationalen Gäste umgestellt werden, trat sie zum ersten Mal in der Piano-Bar auf. Schon an diesem Abend machte sich die Investition für den Hotelbesitzer bezahlt. Und das sollte fast zwei Jahre Abend für Abend so weitergehen. Ein strahlender *success*, der sogar einmal Londoner Zeitungsspalten erreichte. Es gab Stammgäste, die in der Woche an drei Abenden hintereinander Plätze reservieren ließen. Bis Maria Belmar schwanger wurde. Aber das war schon, als das Interesse an ihr allmählich zu schwinden begann. Der Hotelbesitzer hatte sie zu einer Abtreibung drängen wollen, immerhin stand in ihrem Arbeitsvertrag, dass eine Schwangerschaft mit dem Arbeitgeber abgesprochen sein muss. Maria Belmar wollte das Kind austragen. Den Namen des Vaters gab sie niemals preis. Auch Kai hatte ihn nicht von ihr erfahren.

Er stellte den Spiegel auf den Boden, damit er seine Schritte kontrollieren konnte. Tack, tack, auf, ab, ein bisschen mehr Elan in den rechten Fuß. Die Pumps aus Zebraleder saßen superb. So kam es zu einer wohlüberlegten farblichen Übereinstimmung zwischen dem weißblonden Haar und den schwarz-weiß gestreiften Schuhen. Noch immer war Kai nackt. Als Nächstes zog er das Korsett mit dem eingenähten Busen über. Es zwängte seine Brust zusammen und schob sie nach oben. *Wonderbra.*

Maria Belmar hatte zwar nach dem Rausschmiss aus dem *Ritz* gelegentlich in dieser oder jener Bar singen dürfen, aber ihre Karriere ging steil abwärts. Mal ein Engagement für zwei Wochen, dann wieder monatelang kein Job. Sie mussten an den Rand der

Stadt ziehen, weil sie sich die Mieten in Stockholms Zentrum nicht mehr leisten konnten. Und dabei hatte sich seine Mutter immer danach gesehnt, endlich wieder nach Kuba zurückzukehren. Aber von welchem Geld sollte sie die Tickets bezahlen?

Alles die Schuld von Borg, diesem miesen Schwein. Als Kai beim Aufräumen der Wohnung nach dem Tod seiner Mutter das Tagebuch fand, versteckt zwischen ungebügelter Wäsche, brauchte er nicht lange zu suchen. Die Affäre zwischen Borg und Maria war ausführlich beschrieben. Die Sängerin hätte alles für diesen aufstrebenden Bankkaufmann getan. *El tiene una mujer!* Was für ein Schock musste das für seine Mutter gewesen sein, als Borg ihr mitteilte, dass er seine Frau niemals für sie verlassen würde. Kai würde es ihm heimzahlen. Maria hatte nichts in ihrem Tagebuch darüber geschrieben, dass Borg ihr jemals Geld hatte zukommen lassen. Vielleicht hatte sie die Schande, von ihm abgewiesen zu werden, nicht ertragen können.

»Dein Herr Vater ist durchaus verschlossen, wenn er spürt, dass ihm jemand ans Leder will!«, hatte der fürsorgliche Anrufer gesagt, als er sich beim zweiten

Telefonat erkundigte, ob der Briefumschlag seinen Empfänger erreicht habe. Kai wollte wissen, mit wem er es zu tun habe. Aber der Anrufer ließ sich nicht darauf ein, sondern sagte nur: »Das wird kein Zuckerschlecken. Cubbe schlägt immer hart zu.«

3. Kapitel

Das Restaurant *Svenssons* in der Sibyllegatan war eine königliche Apotheke gewesen. Als sie zum Verkauf stand, griff Arne Svensson schnell zu. Noch immer dominierten die dunkelfarbigen Paneele. An den Wänden Regale, in denen sich alte Arzneiflaschen aneinander reihten. Stühle, Tische und die restliche Dekoration war sehr *New York Style.* Gleich neben der Rezeption gab es eine Bar, an der man warten musste, um platziert zu werden. Selbst dann, wenn man sich einen der begehrten Plätze an der Fensterfront hatte reservieren lassen.

Die Spezialitäten des Restaurants waren alte schwedische Gerichte, die mit einem neuen Design versehen oder mit einem ungewöhnlichen Gewürz zubereitet wurden. So kam es zu Fischgerichten mit Zimthauch oder zu einer anderen ungewohnten Kombination: Rentier mit Bananenmousse. Eins der berühmtesten schwedischen Gerichte, die beliebten Fleischbällchen, tauchten zu einer Pyramide getürmt vor den Gästen auf. Das sollte sie an das Kinderspiel mit den zwölf Murmeln erinnern, die man mit einem Schubs zum Einsturz bringen musste, um sie alle für sich zu gewinnen. Als Umrahmung gab es auf dem Teller ein zu Haarsträhnen toupiertes Kartoffelpüree, die Fleischbällchen ruhten in einem kleinen See aus *lingonsylt,* Preiselbeeren. In einem kleinen Kännchen wurde bräunliche Sauce kredenzt, die der Gast nach Belieben über die Pyramide träufeln konnte.

Als Carl-Ulrik Borg das Lokal betrat, hätten ihn selbst gute Bekannte nicht gleich erkannt. Über seinen Kurzhaarschnitt hatte er eine Perücke mit kurzem Pferdeschwanz gestülpt, er trug schwarze Jeans mit Westernboots, unter dem glänzenden, schwarzen Seidenjackett eine Lederweste. Es hätte nur noch gefehlt, dass jemand ihn als Robert Redford angesprochen hätte, so wie er im *Pferdeflüsterer* zu sehen gewesen war.

Cubbe bezog einen Hocker an der Bar und bestellte einen Martini. Er wollte abwarten, bis Kai ihn ansprach. Mit Absicht war er eine Viertelstunde zu spät erschienen. Man musste seinen Gegner warten lassen, das brachte immer Vorteile. Ein schneller Blick über die Gäste zeigte, dass fast überall Dreier-

oder Vierergrüppchen saßen, zwei Paare und eine exotische Schönheit, die allein an einem Tisch saß. Kai schien nicht gerade pünktlich zu sein. Borg dachte nicht daran, seinen Beobachtungsposten aufzugeben. Er musste wissen, wer ihn herbestellt hatte. Ein Blick genügte manchmal, um einen Feind einschätzen zu können. Ab und zu blickte einer der männlichen Gäste zu ihm herüber. Borg erwiderte die Blicke. Durchaus neugierig.

»Wollen Sie denn später auch speisen?«, lallte ein Kellner, auf dessen Revers in verschnörkelter Schrift Manolo zu lesen war.

»Ich warte noch auf meinen Gast«, antwortete Borg, erstaunt, dass der Kellner um diese Uhrzeit schon auf hoher See schlingerte.

Manolo gehörte zum Stammpersonal, wenngleich sein Ruhm durchaus zweifelhaft war.

Der Chefkoch hatte das typische Donnerstagsmahl – gelbe Erbsensuppe mit warmem, süßem Punsch, dessen Zutaten aus Zucker, Arrak und Branntwein bestanden – mit einem eigenen Einfall melioriert: Er ließ diese Suppe mit dem heißen, hochprozentigen Punsch flambieren. Um das kleine Tellerfeuerwerk zustande zu bringen, musste eine

Menge Alkohol in der Flüssigkeit sein. Der Chefkoch bevorzugte dafür Wodka, auf den aber auch Manolo ein Auge geworfen hatte. In der Küche wurde der Punsch gemixt, bei dem Manolo den „verdunsteten" Wodka kurzerhand durch Wasser ersetzte. Eines Tages war ein französischer Zwei-Löffel-Koch anwesend, als der Chefkoch die größte Blamage seines Lebens erlebte. Anstatt der *Soupe brulée* kam eine undefinierbare Brühe heraus, in der Puderzucker hilflos herumpaddelte. Der französische Gourmet, der schon beim Anhören des neuartigen Rezepts das Gesicht verzogen hatte, war entsetzt. »*Dégoutant, très dégoutant!*«, rief er aus und verließ umgehend das *Svenssons.* Kein Wunder, dass der Chefkoch nie aus Stockholm herauskam. Denn die Panne verbreitete sich schnell über den internationalen Küchenfunk. Es dauerte lange, bis der Chefkoch herausgefunden hatte, wer der Urheber der Verwandlung des Wodkas in Wasser gewesen war. Aber Manolo hatte sich mit seinen geringen Gehaltsforderungen schon zu sehr in das Herz von Arne Svensson geschmuggelt. Der problemlose Zugang zu seinem Hauptnahrungsmittel war ihm mehr als Geld wert.

Schade, dachte Borg, dieses allein sitzende Mädchen

hätte ihn durchaus interessiert. Sie glich irgendjemand auf frappierende Weise, aber Borg konnte sich nicht daran erinnern. Zu lange her. Er bestellte einen weiteren Martini, gerührt, ja, bitte, auf keinen Fall geschüttelt. Manolo vollführte mit seinem schwankenden Kopf die gleichen Bewegungen, die Borg mit der Hand vormachte.

Den ganzen Tag hatte Cubbe über der Frage gebrütet, was Kai von ihm wollen könnte. Seine Sekretärin musste ihm fast alle Termine vom Hals schaffen, damit ihm genügend Zeit zum Nachdenken blieb. Er hatte noch mal nachgerechnet. Kai musste jetzt 22 Jahre alt sein, 33 Jahre jünger als er selbst. Was wohl aus Maria geworden war? Wenn er sie damals nicht brutal von sich geschoben hätte, würde diese Laus noch heute in seinem Pelz sitzen. Aber sie konnte nicht beweisen, dass sie von ihm schwanger war. Es konnte genauso gut der Besitzer des *Ritz* gewesen sein, mit dem sie zweifelsohne ein paar Monate lang das Bett teilte. Warum hatte Kai so lange gezögert? Was war der Grund, dass er gerade jetzt auf ihn zutrat? Auf jeden Fall war er als Gegner nicht zu unterschätzen. Immerhin hatte er seine geheime Handy-

Nummer herausgefunden und ihn ins *Svenssons* beordert.

»Sie haben nichts dagegen, wenn ich mich neben Sie stelle?«, flüsterte die karibische Schönheit. »Ich fühle mich heute ein bisschen verloren, so allein an meinem Tisch.«

Karibische Nutte, dachte Borg sogleich. Aber als er ihr ins Gesicht schaute, wurde ihm ganz mulmig. Maria, das war doch Maria Belmar. Unmöglich, das konnte gar nicht die Belmar sein, viel zu jung. Ihre Tochter? Es durchfuhren ihn so viele Gedankenblitze, dass er zu keiner Antwort fähig war.

Kai stellte sich als Juana Lopez y Montijo vor.

»B … Bengtsson«, stammelte Cubbe. Er konnte die Augen nicht von ihr nehmen. In ihrem smaragdgrünen Seidenkleid, das die makellosen, braunen Schultern frei ließ, stand sie wie eine Göttin vor ihm, die gerade dem Meerschaum entstiegen sein musste.

Kai schaute in den Spiegel, der sich hinter den Cognac- und Wodkaflaschen an der Rückfront der Bar befand. So konnte er Borg unbemerkt beobachten, der ihn noch immer von Kopf bis Fuß musterte. Borgs Verkleidung war wirklich primitiv. Robert

Redford für Arme, wie ulkig. Langsam drehte er ihm wieder das Gesicht zu. Die grünen Irislinsen gaben seinem Vater den Rest.

»*My company is not coming*«, begann Cubbe in der fremden Sprache, ein wenig unsicher, »würden Sie mir die Freude machen und mir ein wenig Gesellschaft leisten? Ich fände das ganz amüsant.«

Kai ließ sich nicht lange bitten: »Ich komme manchmal hierher, nur um diese einzigartigen Fleischbällchen zu genießen, die Sauce ist wirklich einmalig.«

4. Kapitel

Mit schwankenden Schritten kam Manolo heran, die Suppenteller schaukelten, als wäre das Restaurant in einen schweren Orkan geraten. Ausnahmsweise hatte sich der Chefkoch bereit gefunden, seine exorbitante Suppenkreation auch an einem Mittwoch zu offerieren. Gelbe Erbsensuppe, flambiert mit hochprozentigem Punsch.

»Soll ich das nicht lieber machen?«, fragte Borg und nahm dem Kellner das Streichholz aus der Hand, nachdem es ihm trotz mehrerer Versuche nicht gelungen war, mit dem Hölzchen die Reibefläche zu treffen.

Borg gelang es beim ersten Mal.

Das Tellerfeuerwerk über dem gelben Erbsensee ließ Juanas Augen leuchten.

»*Gracias*«, sagte sie zu Manolo. Die Stimme ein wenig zu tief, was den Kellner sogleich stutzig werden ließ.

»Nun gehen Sie schon«, befahl Borg und reichte

ihm das Päckchen mit den Schwedenhölzern zurück. Auch in diesem Punkt war das Restaurant der Tradition verpflichtet. Die Streichhölzer waren der ersten Generation von Ivar Kreugers Monopolprodukt nachempfunden.

Dann musste Juana erzählen. Kai hatte sich auf diesen Augenblick gut vorbereitet. Die Kindheit in Galicien, die Schulzeit in Gijón, das Studium in Salamanca, Wirtschaftswissenschaft und Sozialrecht.

»Darf ich fragen, ob Ihre beiden Elternteile aus Spanien kommen?« unterbrach Borg die einstudierte Rede.

»Nein, nein«, wehrte Kai ab, »dann würde ich ja nicht so aussehen. Ich bin der Fehltritt eines kubanischen Generals …«

»Ach«, platzte es aus Borg heraus.

»In der Delegation von Castro befand sich damals eine stürmische Truppe. Sie wissen vielleicht, dass häufig galicische Auswanderer nach Kuba gingen. Und deswegen wollte der *maximo líder* unbedingt mal einen Besuch in Galicien machen. Zurück zu den Wurzeln. Und dabei bin ich herausgekommen.«

Juana hob ihr Glas und prostete Borg zu. Für die

Vorspeise hatte er einen elsässischen Cremant entkorken lassen.

»Ich muss gestehen, da ist etwas ganz Wunderbares herausgekommen«, sagte Borg, nachdem er sein Glas in einem Zug geleert hatte.

Er dachte darüber nach, ob er Juana nicht zu einem Praktikum bei der *NGE* verhelfen sollte. Auslandserfahrungen waren ja immer der Start für eine große Karriere. Und dass diese karibische Schönheit eine Karriere machen würde, das stand schon in der Bibel.

»Haben Sie denn Kontakt zu ihrem Vater?«, fragte Borg. »Waren Sie schon mal in Kuba?«

»Ja, ja, er lädt mich dauernd ein, aber ich muss doch studieren. Er ist ein überaus netter Papa, nur dass niemand etwas über meine Abstammung erfahren darf. Das würde internationale Verwicklungen geben.« Juana machte eine Pause und fügte dann hinzu: »Das sagt Papa immer.«

Juana lächelte, und Borg erzitterte. Diese grünen Irislinsen, die feinen Grübchen in dem kaffeebraunen Gesicht …

Manolo brachte den Hauptgang: die pyramidalen Fleischbällchen umgeben von kartoffelnen Tempelwächtern.

Beinahe wäre Borgs Pyramide eingestürzt, als der Kellner den warmen Teller etwas zu fest auf dem Tisch absetzte. Das Saucenkännchen hatte den Sturm nicht so gut überlebt. Auf dem Porzellanrand planschten braune Spritzer.

Manolo warf Juana einen unverschämten Blick zu.

»*Tu eres una puta, no?*«

Borg hatte nichts verstanden, wie Kai sofort feststellen konnte. Statt einer Antwort trat er Manolo gegen das Schienbein. Wie kam er dazu, ihn als Nutte zu bezeichnen.

Als der Kellner davongejault war, machte Borg sein Angebot. Er könne ihr zu einem Praktikum verhelfen. In jedem Land der Welt. »*You name it, I get it … for you.*« Bevor er ausführen konnte, was er damit meinte, trat wieder Manolo an ihren Tisch.

»Telefon für Sie, mein Herr!«

»Für mich?«

»Ja, für Sie.« Diesmal war seine Aussprache fast ganz klar.

Kai war ebenso irritiert wie Carl-Ulrik Borg. Wer wusste, dass sie sich in diesem Restaurant aufhielten?

Zögernd erhob sich Borg, seine Serviette segelte zu Boden.

»Entschuldigen Sie«, der Bankmanager hüstelte verlegen.

»Mir nach«, kam es von Manolo, der den Weg zur Telefonkabine zu zeigen beabsichtigte.

Kai überlegte nicht lange. Borg war zwar keineswegs so zugeknöpft, wie der fürsorgliche Anrufer behauptet hatte, aber ein bisschen mehr Wahrheit würde gewiss nicht schaden. Diese nette Droge konnte aus Bengtsson wieder Borg machen, so wahr mir die CIA helfe. Er nahm sich eine reichliche Portion Sauce für seine Fleischbällchen und schüttete das Pülverchen in die Sauciere. Nach kurzem Umrühren hatte sich die Substanz aufgelöst.

Das Telefon des *Svenssons* schien noch von Graham Bell persönlich zu stammen. Nur die Kabel waren in letzter Zeit erneuert worden. Borg zog die Kabinentür hinter sich zu, denn Manolo war nicht von seiner Seite gewichen und lugte mit wirrem Blick, was nun als Nächstes geschehen würde.

Die Leitung war tot. Kein Anrufer, kein Freizeichen, nichts.

Borg riss die Glastür auf.

»Wissen Sie, wer dran war?«

Der spanische Kellner schob die Lippen übereinander, dann sagte er: »Hat keinen Namen gesagt, aber eine genaue Beschreibung von Ihnen gegeben. Mann mit Pferdeschwanz, na ja, er hat gesagt, Pferdeschwänzchen …« Manolo kicherte. »Im Lokal gibt es ja nur einen mit so einem Schwänzchen, und das sind Sie.«

»Hat er denn meinen Namen genannt?«, wollte der Bankmanager wissen.

»Er sprach von einem Cubbe, und als ich nachgefragt habe, sagte er Carl-Ulrik Borg, das sind Sie doch«, Manolo straffte seinen Körper, »ob Sie mir vielleicht später ein Autogramm geben könnten? Meine Tochter ist ein ganz großer Fan von Ihnen. Sie sagt immer, ich hätte auch so eine Karriere wie Sie machen können, hat ja auch nicht viel gefehlt und ich …«

Borg schob den Kellner beiseite.

»Der Anrufer war schon weg«, sagte er und hob die Serviette vom Sofa auf, wohin Kai sie gelegt hatte.

Vorsichtig pikste Borg das oberste Fleischbällchen, tunkte es in die Sauciere und verspeiste es mit großem Genuss. »Ganz wie bei Muttern, so müssen *köttbullar* schmecken.«

»Wie meinten Sie das vorhin, Sie könnten mir ein Praktikum besorgen?«, fragte Kai, um den Faden wieder aufzunehmen.

»Ich kaufe Banken in aller Welt«, antwortete Borg. Er hatte eine bewundernswerte Technik, mit vollem Mund zu sprechen, ohne dass sein Gegenüber sah, welche Speise sich gerade in seinem Mahlwerk befand. Nicht viele Esser beherrschten diese selten gesehene Technik.

»Wie kauft man eine Bank?«

»Ganz einfach, indem man ihre Schwachstellen herausfindet, zum Beispiel im *Cash flow*. Erst einmal als rettender Engel erscheinen, um die Bank wieder liquide zu machen, und dann eine saubere Übernahme erzwingen. Wenn Sie wollen, kann ich Ihnen das mal vorführen.«

Ein Fleischbällchen hopste von Borgs Gabel und kullerte, einen braunen Streifen auf der Tischdecke hinterlassend, auf den Boden.

»Hoppla«, sagte der Gast am Nebentisch, der die runde Kugel beinahe als Steilvorlage für einen Elfmeter genommen hätte. Manolo hechtete nach dem verloren gegangenen Bällchen, schaffte beim zweiten Mal, es in die Finger zu bekommen und mit gekonnter Meisterschaft wieder auf Borgs Pyramide zu setzen, nachdem er kurz darübergepustet hatte.

»*Bueno*«, lobte er sich selbst.

Wieder ging sein Blick zu dieser Person hinüber. Die war nicht nur eine Hure, die war nicht mal eine Frau, dachte er. Wie konnte dieser Borg so blöde sein, das nicht zu bemerken? Am liebsten hätte er ihn am Pferdeschwänzchen gezogen, um ihn wachzurütteln.

»Ich spiele ein privates Spielchen«, sagte Borg, »immer wenn ich eine Bank kaufe, dann ziehe ich mir einen Schlips in den Farben des Logos dieser Bank an. Also sagen wir: grün und weiß, das wären die Imagefarben der Dresdner Bank in Deutschland. Irgendwann im Laufe der Verhandlungen merken die Manager das natürlich. Und was soll ich Ihnen sagen, der Rekord steht bei siebzehn Minuten.«

Kai hatte nicht ganz begriffen, was Borg damit sagen wollte.

»Ja, in genau siebzehn Minuten sprach mich einmal jemand von einer französischen Bank an, ich hätte ja meine Krawatte in den Farben ihres Firmenlogos, ob das Absicht sei. Ich habe nichts geantwortet, sondern nur wissend mit dem Kopf genickt. Da wussten sie, dass sie verloren hatten.«

»Gewinnen Sie immer?«, fragte Kai.

5. Kapitel

»Haben Sie denn viele Freundinnen gehabt?«, fragte Juana und zwinkerte ihrem Gegenüber zu.

»Ich … ja, doch … ich glaube schon.« Borg kratzte sich am Kehlkopf. »In letzter Zeit ist das seltener geworden. Aber wir waren ja auch mal jung.«

Kai merkte, dass er nun sein Ziel ansteuern konnte. Borg schwitzte ein wenig unter der Pferdeschwanzperücke.

Mit einem Mal hatte er Juanas Hand ergriffen.

»Wenn ich jünger wäre, ich könnte für nichts garantieren …«

Juana zuckte zurück. Begann die Droge schon zu wirken?

»Wie lange sind Sie denn verheiratet?«

»Ich … ich meine wir, also wir haben vor ein paar Wochen unseren 25. Hochzeitstag gefeiert. Ein rauschendes Fest, es waren fast zweihundertfünfzig Gäste da. Wir haben uns sehr amüsiert.«

»Das muss eine Menge Geld gekostet haben.«

Kai sah, wie die Hand von Borg wieder langsam näher kam.

»Ein paar Hunderttausend werden es schon gewesen sein. Aber da müssten Sie meine Frau fragen, die führt das Haushaltsbuch.«

Manolo brachte die Süßspeise. Er schien plötzlich nüchterner als eine Dienstmütze zu sein. Mit einem kleinen Tischhandfeger sammelte er die Brotkrümel ein und stieß dabei nicht ganz zufällig an Borgs Hand, der wieder Juanas Finger zu berühren suchte.

»*Perdona!*« Er kicherte ein wenig. Der Blick, den er Juana zukommen ließ, hätte den Vättersee trockengelegt.

Kai rümpfte die Nase und machte eine abweisende Handbewegung.

Das Dessert bestand aus geriebenem schwarzem Pumpernickel, roter Grütze mit ganzen Erdbeeren und Himbeeren, darüber einer Schicht Schokoladenstreusel, getoppt von Sahnehäubchen mit blauen und gelben Geleespitzen. Dänische Brauthochzeit auf Schwedisch hatte der Chefkoch seine Kreation getauft.

»Warum setzen Sie sich nicht zu mir aufs Sofa?«, sagte Borg, »dann könnten Sie das wunderbare

Gemälde bewundern, das sich hinter Ihnen befindet.«

Kai drehte sich kurz um. Das Gemälde zeigte Edward Hoppers *Nighthawks.* Aus dieser Entfernung war nicht auszumachen, ob es sich um einen Druck oder eine Kopie in Öl handelte.

Gut, dachte Kai, dann setze ich mich eben neben ihn, wenn ich damit der Wahrheit näher komme. Mit dem Dessertteller in der Hand, den er wie ein Schutzschild vor sich her trug, wechselte er auf Borgs Seite hinüber.

»Ein schönes Bild«, sagte Borg. Er hatte die beiden Champagnergläschen vom Tisch genommen. Sie prosteten sich zu.

»Ich heiße Cubbe, so nennen mich meine Freunde, und es würde mich besonders freuen, wenn du auch Cubbe zu mir sagen würdest.«

Kai war hoch erfreut. Das Pülverchen wirkte. Schon war aus Bengtsson wieder Borg geworden.

»Ich heiße Juana«, erwiderte Kai, bevor die Gläser aneinander stießen.

Cubbe beugte sich zu ihr hinüber und versuchte, ein Küsschen loszuwerden, aber Kai lehnte den Kopf geistesgegenwärtig zurück.

»Was würde Ihre Frau dazu sagen?«

Borg verzog keine Miene: »Sie wird nie etwas davon erfahren. Das ist unsere Abmachung. Und du würdest mich doch auch nicht verraten, oder?«

Kai beobachtete, dass die Perücke ein wenig zur Seite gerutscht war. Keine besonders professionelle Tarnung, dachte er. Dieser Cubbe macht auch Fehler.

Plötzlich hatte er seine Hand auf Juanas Knie gelegt.

Wenn es zur Wahrheitsfindung hilft, dachte Kai und schoss die nächste Frage ab.

»Wie viele Verhältnisse hattest du denn so?«

»Ich … na ja, das werden schon einige gewesen sein.«

»Auch ganz früher schon?« Kai spürte, dass Borgs Hand ins Wandern geriet.

»Immer, ich war immer ein Feger. Kim hat nie etwas davon erfahren. Sie glaubt, ich sei monogam glücklich.«

Manolo tauchte am Tisch auf, musterte das Pärchen auf dem Sofa und sagte: »Soll ich jetzt den Kaffee servieren oder brauchen Sie ein französisches Stärkungsmittel?«

»Wenn Sie uns nicht gleich in Ruhe lassen, dann werde ich mal mit Ihrem Chef sprechen. Und das mit dem Autogramm können Sie sich in die Haare schmieren …«

Manolo räumte ab, ohne noch etwas zu erwidern.

»Gibst du Autogramme, Cubbe?«

»Das war nur ein Scherz«, antwortete Borg, dessen Hand jetzt den Oberschenkel erreicht hatte.

Dass er sich gar nicht geniert, dachte Kai. Schon ein paar Mal hatte er Blicke der anderen Gäste abwehren müssen. Borgs Mund stand halb offen, sein Atem ging schneller, ab und zu leckte er sich die Lippen, die Augen waren auf Dackel gestellt.

»Bist du ein berühmter Mann, Cubbe?«

»Ich … na ja … schon, mich kennen ein paar Leute …«

»Aber heute hast du dich ein bisschen verkleidet, wie?« Kai rückte in die Sofaecke, was aber nur dazu führte, dass Borg ihm umgehend folgte.

»Ich liebe Verkleidungen«, antwortete der Bankmanager, »in der Tarnung zeigt sich der Meister.«

Kai fand zunehmend Gefallen an dem Spiel, denn Borg schien nicht den leisesten Verdacht zu haben, wer neben ihm saß. Zum ersten Mal konnte er nachempfinden, was es hieß, eine attraktive Frau zu sein, die von älteren Männern begrapscht wird. Mal sehen, wie weit mein Vater gehen wird, dachte er. Einerseits reizten ihn die Annäherungsversuche, andererseits stieß ihn die hechelnde Dackelzunge Borgs ab. Wie redselig er geworden war, und so ganz ohne Tarnung.

»Gehe ich richtig in der Annahme, dass du nicht Bengtsson heißt, sondern Carl-Ulrik Borg?«, fragte Kai.

»Sehr gut, Juana, sehr gut. Ich wusste, du hast eine große Karriere vor dir. Bei deinem Aussehen und bei deiner Intelligenz wirst du es weit bringen. Du hast das Zeug, selbst mich eines Tages zu überflügeln.«

»Dann könntest du aber auch die alberne Perücke abnehmen, Cubbe!«

»Gern ... aber nicht hier. Nicht vor den Gästen ...« Borg tat so, als würde er erst jetzt bemerken, dass sie nicht allein im Restaurant waren.

»Mir zuliebe!«, bat Kai.

»Ich lege gern auch noch mehr ab, nur dann müssten wir ...« Borg folgte Kais Blicken, die sich in seinem Schoß festgehakt hatten. Cubbe hatte doch tatsächlich eine Ausbeulung im Schritt, ein Zelt mit Stange, wie sie als Schüler immer gesagt hatten. Borg nutzte die Ablenkung und legte Juana einen Arm um die Schulter. Auch den Kuss, den Borg ihr in den Nacken gab, wehrte sie nicht ab. Was ist das nur für eine nette Droge gewesen, dachte Kai. Davon müsste man häufiger etwas zur Verfügung haben. Er freute sich schon auf den Augenblick, wenn er seinem Vater die Wahrheit sagen würde. Borg war wie Butter in seinen Händen.

»Hat Ihnen meine Speisenfolge gemundet?« Plötzlich war der Chefkoch hinter ihnen aufgetaucht, obwohl nur ein Spaltbreit Platz zwischen dem Sofa und der Wand war.

Borg und Kai rückten rasch auseinander.

»*Excellent!*«, sagte Borg und nickte dem Chefkoch zu.

»*Rico, muy rico*«, gab Kai von sich.

Ihm entging nicht, dass der Chefkoch sie mit Verachtung zu strafen suchte. Seine Lippen aufeinander gepresst, die Augen rollten hin und her. Er beugte sich zu Borgs rechtem Ohr. Kai konnte alles mit anhören: »Wenn Sie nicht gleich von hier verschwinden, dann hole ich meine Neufundländer.«

Borg stand abrupt auf: »Soll das eine Drohung sein?«

»Eine Verwarnung«, antwortete der Chefkoch. Er hatte sich in der Lautstärke vergriffen, nun schauten alle Gäste des *Svenssons* zu den Streithähnen hinüber. Borg spornte das an.

»Wenn Sie Ihre Hunde holen, dann hole ich die Polizei. Laut Gaststättenverordnung dürfen keine Hunde in Restaurants verkehren.«

Umgehend setzte ein solches Gelächter ein, dass der Chefkoch das Weite suchte.

»Zahlen«, rief Borg ihm hinterher.

Er ließ sich neben Juana nieder, küsste sie aufs Ohrläppchen, zwei laute Schmatzer: »*I am shivering with anticipation!*«

Jeder im Restaurant konnte diesen Satz hören.

6. Kapitel

Die Sonne stand schon hoch, als Bobo erwachte. Das Licht wurde durch die Äste eines Busches in Djugarden gefiltert, unter dem er geschlafen hatte. Er dehnte seinen müden Körper, gähnte und schüttelte einige trockene Blätter von seinem blonden Rasta-Schopf.

Als er sich gerade aus seinem Versteck hinausbegeben wollte, hörte er das Getrappel von Hufen. Zwei junge Frauen ritten an ihm vorbei. Eine sagte mit weinerlicher Stimme: »Mein Alter ist so was von verdammt geizig. Ich wollte ein paar Wochen auf die Bermudas, bevor die Schule wieder losgeht, aber der Wichser hat das glatt abgelehnt.«

Bobo wartete noch eine Weile, bevor er sich aufmachte. Er ging in Richtung Quai. Die Bootsverleiher hatten noch geschlossen. Er wusch sein Gesicht und putzte sich die Zähne. Ohne Zahnpasta. Immerhin hatte er gestern eine neue zusammenklappbare Zahnbürste in der Apotheke abstauben können.

Als er auf der Uferseite von Strandvägen ging, überlegte er, wie er an Essen kommen konnte. Er war hungrig und hatte nicht eine Krone in der Tasche. Das war ein Problem. Er hielt vor einer Tankstelle an und besah sich in der Fensterscheibe. Er sah scheiße aus. Kaputte Schuhe, schmutzige und zerknitterte Jeans (o. k., die waren gerade in), ein früher mal weißes T-Shirt und eine früher mal schwarze Jeansjacke. Der Rasta-Schopf machte ihn nicht gerade attraktiver. Das Grandhotel konnte er vergessen.

Er dachte an die Zeit, als man ihn mit einem Hotelgast verwechseln konnte und er den Putzfrauen ausweichend über die Flure schlenderte. Meistens fand er offen gelassene Hotelzimmer mit Frühstückstabletts, von denen dies und das zu naschen war. Noch früher, als er in Lohn und Brot stand, machte er sich einen Spaß daraus, wie Papis missratener Sohn auszusehen. Er ging in die großen Hotels, fragte nach einem Zimmer, und manchmal, wenn zu viel zu tun war, gab man ihm einfach den Schlüssel, damit er es sich anschauen konnte. Dann leerte er die Minibar, gab den Schlüssel zurück und verschwand. Das waren noch Zeiten.

Vielleicht hatte er doch im Grandhotel eine Chance.

Manchmal schaffte er es bis in die Lounge, wo die Geschäftsleute ein Croissant oder etwas Kuchen auf den kleinen Tischen liegen ließen.

Pech, verdammtes. Der Portier packte ihn schon an der Drehtür, schob ihn auf den Bürgersteig und trat nach ihm wie nach einem Köter. Er zeigte ihm den Mittelfinger und überquerte die Straße, an der sich *Kunliga Slottet* befand. Die meisten der weißen Schiffe lagen dicht nebeneinander, parallel zum Quai, wo sie Passagiere und Fracht für die Schären aufnahmen.

Bobo hatte einen anderen Plan. Die Sonne zeigte schon Mittag, wahrscheinlich waren es mehr als 20 Grad. Wär doch schön, mit einem Boot rauszufahren, zu irgendeiner Insel, die dreckigen Klamotten waschen und ein paar Runden schwimmen. In der Sonne liegen, auf den sanften Klippen, und ein bisschen Farbe auf die Haut kriegen. Er ging an den Schiffen entlang und entschied sich für die Fähre nach Utö. Er kannte diese große Insel mit ihrem freien Blick auf das Baltikum. Kein Problem, über die Gangway zu kommen. Man brauchte nicht zu zahlen, musste nur den Zielort angeben …

Er sah, dass die Passagiere ihre Koffer in einem

offenen Laderaum verstauten, viele der Plastiktüten waren mit Lebensmitteln bestückt. Sobald das Schiff abgelegt hatte und die Leute ihre Plätze eingenommen oder sich in der Cafeteria angestellt hatten, würde er sich seine Taschen mit den Köstlichkeiten aus den Tüten füllen und zu einem exorbitanten Fest auf der Toilette aufbrechen.

Ganz zufrieden saß Bobo an Deck, die Augen leicht geschlossen, die Sonne wärmte ihn.

Jemand klopfte ihm auf die Schulter.

»Wohin wollen Sie?«, fragte ein Typ, vor dessen Bauch ein Fahrkartendrucker baumelte.

»Utö.«

»Macht hundertzwanzig Kronen.«

»Hab keine Kohle!«

»Dann fährst du nicht nach Utö. Beim nächsten Stopp schmeiß ich dich raus. Saltsjöbaden. Dann kannst du in die Stadt zurücklaufen. Wirst ein paar Stündchen unterwegs sein.«

Der Typ rümpfte die Nase. Bobo sagte: »Fick dich doch selbst!«

Wenigstens eine gute Stunde auf dem Sonnendeck.

Aber als sie nach Saltsjöbaden kamen, hatte der

Typ ihn nicht vergessen und zwang ihn, die Fähre zu verlassen.

Bobo konnte sich nicht erinnern, jemals in diesem hochnäsigen Wohnviertel an der See gewesen zu sein. Er wusste zwar, dass hier die Bemoosten und Berühmten wohnten und dass der Banker Wallenberg eine Bahnstrecke aus der Stadt hier heraus bauen ließ, damit zu Beginn des letzten Jahrhunderts die reichen Säcke bequem und schnell die City erreichen konnten.

Es sah alles so reich aus, dass es weh tat. Bobo betrachtete die riesigen Holzvillen, die von prächtigen Gärten umgeben waren.

Er wollte wieder zurück an die Küste und musste dafür vom Wohngebiet bis zu den Klippen laufen, die von der Straße nicht einsehbar waren. Endlich konnte er schwimmen. Danach verfiel er in tiefen Schlaf, die Klamotten sorgsam hinter seinem Kopf zu einem Bündel zusammengeschnürt.

Es war schon Nachmittag, als er aufwachte. Zurück ins Villenviertel. Vielleicht ergab sich eine Übernachtungsmöglichkeit, irgendein netter Garten oder gar ein Gartenhäuschen. Immer noch hatte er nichts zu fressen. Es gab ein schönes, altmodisches

Hotel mit Meerblick, vielleicht konnte er die Mülleimer durchsuchen, aber dafür musste er bis zum Einbruch der Dunkelheit warten.

Bobo inspizierte einige der Villen genauer. Nach ein paar Stunden kam er zum dritten Mal an einer zweistöckigen, gelb gestrichenen Villa vorbei, deren Jalousien geschlossen waren. Irgendwie verlassen. Er entschied sich, weiterzulaufen und ab und zu diese Villa zu passieren, bis es ganz dunkel war.

Um wenigstens die Zeit bis zum Abend zu nutzen, bettelte er an der S-Bahn-Station und schaffte es, einen Zwanzig-Kronen-Schein von einer Frau zu ergattern, als der Zug seine kostbare Fracht ausspuckte: alles wichtige Geschäftsleute, die von ihren wichtigen Aufgaben in der Stadt heimkehrten. Bobo ging schnurstracks zu einem kleinen Imbiss und kaufte sich einen Hot Dog und eine Coke.

Um zweiundzwanzig Uhr lag die Villa immer noch verlassen da. Kein Licht hinter den Vorhängen oder Jalousien. Diesmal traute sich Bobo, das Gartentor zu öffnen, nachdem er sich vergewissert hatte, dass keine neugierigen Nachbarn zuschauten. Langsam ging er auf dem weichen Gras neben dem Kiesweg bis zur Rückseite des Hauses. Dieser Teil des Gartens war größer als auf der Vorderseite, umgeben von einer hohen Hecke. Im zweiten Stock gab es einen ausladenden Balkon über einer gläsernen Veranda zu ebener Erde.

Am äußersten Ende des Gartens, in der Nähe der Hecke, war ein Verschlag. Das Schloss stellte kein Problem dar. Bobo schaute hinein. Ein ausgedienter Rasenmäher, ein paar Gartenwerkzeuge und ein abgestellter Liegestuhl, dessen Tuch verblichen war. Er probierte ihn sogleich aus. Perfekt. Genau, was er gesucht hatte. Hier konnte er nächtigen.

Am nächsten Morgen biss ihn der Hunger. Er schlich zur Villa, blinzelte durch einen Spalt im Rollladen und sah in einen teuer möblierten Speiseraum. Bobo war jetzt ganz sicher, dass sich niemand im Haus aufhielt.

Er probierte jedes Fenster, jede Tür. Nichts zu machen. Als er zum zweiten Mal die Veranda inspizierte, entdeckte er, dass man unter ihr hindurchkriechen konnte. Bobo erspähte ein hölzernes Türchen, das nicht verschlossen war. Groß genug, um hineinzugelangen.

Er landete auf einem verdreckten Boden. Es handelte sich um den Kohlenkeller, seit Jahren nicht mehr benutzt, dessen Eingang wohl übersehen worden war, als man die Veranda baute. Vom Keller aus war es kein Problem, in die Küche und den Rest des Hauses zu gelangen.

Bobo verbrachte den ganzen Tag damit, auf fremde Geräusche zu hören, die von draußen gedämpft hereinkamen. Nichts. Freie Bahn. Irgendetwas Verrücktes umgab diese Villa; sie war vollständig eingerichtet, mit unbenutzten Möbeln ausgestattet, Essen und Getränke (ja sogar Champagner) gab es reichlich im Kühlschrank, Gemüse in Dosen und Schnaps in der Anrichte, die Betten waren frisch gemacht – aber schienen niemals benutzt worden zu sein. Bobo kundschaftete die Möglichkeit eines hastigen Rückzugs aus und bezog das Schlafzimmer im Untergeschoss im rückwärtigen Teil des Hauses. Er nutzte den geräumigen Schlafraum im oberen Stock nur zum Lesen und Fernsehen. Es gab da eine Nische, deren schwache Beleuchtung bestimmt von draußen nicht entdeckt werden konnte.

Nach einer Woche in dieser Luxusherberge begann Bobo, die Villa als sein privates Eigentum zu betrachten. Und er war glücklicher als jemals zuvor in seinen vierundzwanzig Lebensjahren.

7. Kapitel

Der Taxifahrer fuhr Schlangenlinien. Er schien fast so betrunken wie Cubbe zu sein, der auf dem Rücksitz döste. Kai beobachtete ihn im Spiegel der Sonnenblende. Der geile Banker hätte ihn am liebsten auf dem Sofa des *Svenssons* vernascht. Eine schöne Art, meinen Vater kennen zu lernen, bin gespannt, wo er mich jetzt hinbringt, dachte Kai, der kurz vor der Abfahrt auf der Toilette des Restaurants sein Make-Up aufgefrischt hatte. Eine neue Lage Parfüm konnte auch nicht schaden. Die Droge, die er Cubbe in die Fleischsauce gerührt hatte, schien eher ein Aphrodisiakum als ein Wahrheitsserum gewesen zu sein.

Mit einer Vollbremsung kam das Taxi zum Stehen.

Cubbe erwachte. Er zahlte und gab großzügig Trinkgeld.

»Das Haus hab ich erst vor einem halben Jahr erworben. Das war ein Schnäppchen, Glück gehabt.

Das kriegt meine Älteste zu ihrem Examen. Der Vorbesitzer ist früher als erwartet nach Florida ausgewandert.« Cubbe klang wie ein Makler, der ein besonders schönes Exemplar einer schwedischen Holzvilla anpries. »Wir werden dort heute Nacht ganz ungestört sein. Nur wir beide, ganz allein.«

Der Banker fasste Juana an der Hand, als sie den Kiesweg hinaufgingen. Als wäre ihm Maria Belmar zum zweiten Mal in seinem Leben begegnet. Konnte es eine solche Wiedergeburt geben? Dieses Lächeln, dieses rauchige R, dieser verführerische Blick. All diese Erinnerungen wurden in Carl-Ulrik Borg wach, Erinnerungen an die Zeiten eines köstlichen Seitensprungs, von dem er keine Minute missen mochte. Maria Belmar war das Schönste, was ihm im Leben widerfahren war. Glück gehabt, auch damals schon.

Kai widersetzte sich Cubbe nicht. Er war einfach zu gespannt, wie weit sein Vater gehen würde. In dieser Maskerade konnte er ausprobieren, was es bedeutete, eine attraktive Frau zu sein. Das hier war kein Theaterspiel mehr, keine lockere Tootsie-Nummer.

»Treibst du es gerne?«, fragte Borg, der seinen Arm

um Juanas Taille legte. Ein paar Mal hatte er den Kopf auf Juanas Schulter gelegt, hatte sie gespürt, gerochen, sich erinnert. Er wollte diese Frau, jetzt.

»Kommt auf den Partner an!« Kai trat einen Schritt zur Seite. Sein Vater mochte in nüchternem Zustand ganz attraktiv sein, aber so betrunken wie er war, stieß er Kai ab.

»Wie wär's mit mir?«, wollte der Banker wissen. Cubbe kam ganz nahe an Juana heran.

Kai blieb stehen.

»Ist das nicht alles ein bisschen zu schnell? Wir kennen uns doch erst seit drei Stunden.« In seiner Stimme lag eine gewisse pädagogische Strenge, als müsste ein ungezügelter Schüler auf seine Pflichten hingewiesen werden.

»Ich bin so scharf, ich könnte einen Baum vögeln.«

»Bedien dich«, sagte Kai, »stehen ja genug herum.«

Seine Vermutung, was die Droge anging, schien sich zu bestätigen. Dabei hatte er gehofft, Cubbes Erregung würde während der langen Taxifahrt ein wenig abkühlen.

Schon beim ersten Geräusch war Bobo hellwach. Immer auf der Hut sein war die Devise, niemals unaufmerksam sein. Das Glück kann einen schneller verlassen, als man glaubt.

Er sprang vom Bett, war mit ein paar schnellen Schritten auf der Veranda, öffnete sacht die Glastür und verbarg sich hinter einem Lebensbaum im großen Topf.

Als das Licht in der Diele anging, sah er ein ungleiches Paar. Eine Robert-Redford-Imitation, die gewiss den letzten Platz bei der *look-alike-competition* gemacht hätte – jetzt nahm der Typ auch noch die verrutschte Perücke ab und zeigte einen stark ergrauten Kurzhaarschnitt –, und hinter ihm eine karibische Schönheit, die selbst im Dunkeln geleuchtet hätte. Was sie wohl für eine Nacht so nimmt, fragte sich Bobo. Das war also das Geheimnis dieser Villa. Ein Liebesnest eines Super-Bemoosten, der seine Gespielinnen hierherbrachte, um sich in aller Ruhe ein paar Stunden zu vergnügen.

Der Mann schien mehr Arme als eine indische Gottheit zu haben. Dauernd fummelte er an dem

Mädchen herum. Musste mindestens ein Jahrhundert älter sein als die Schönheit.

»Nicht so stürmisch«, warnte das Mädchen ihren Verführer. »Das kann ich überhaupt nicht ab.«

»Mir steht er schon seit Stunden«, gab der Mann von sich, der bereits Weste und Hemd abgelegt hatte. Wahrscheinlich will er einen Striptease hinlegen, dachte Bobo. Männerstrip, auch nicht schlecht. In was für ein Haus bin ich da bloß geraten?

»Hast du nichts zu trinken da?«, fragte die Schönheit. Ihre entblößten Schultern schimmerten verführerisch und versprachen wunderbare Aussichten.

»Champagner gibt's nachher«, sagte der Mann. »Als Belohnung.«

»Aber ich will ihn jetzt«, maulte die Kleine.

Wie gut, dass er nicht alle Flaschen im Kühlschrank geköpft hatte, dachte Bobo. Das hätte den geilen Eigentümer vielleicht misstrauisch gemacht. Selbst in seinem angeschlagenen Zustand.

Bobo sah, wie sich die Schönheit das Näschen puderte. Sie betrachtete sich im Handspiegel und schien äußerst zufrieden mit ihrer Erscheinung zu sein. Einmal schnalzte sie laut mit der Zunge. Es klang wie eine Münze, die in den Schacht eines Zigarettenautomaten fiel.

Dass den beiden gar nicht auffiel, in welchem Chaos er die Wohnräume hinterlassen hatte. Überall stand schmutziges Geschirr herum, das aufgeschlagene Bett …

Aber die schienen ja nur eines im Kopf zu haben. Auf jeden Fall der geile Hausherr, der mit freiem Oberkörper in der Wohnung herumtaperte und irgendetwas suchte.

»Ich mag Champagner auch aus Wassergläsern«, rief das Mädchen, »hast du genug von dem Zeug, dass ich ein Vollbad nehmen könnte?«

Bobo musste sich ein bisschen zurückziehen, als der halbnackte Hausherr auf der Veranda erschien. Er schwankte erheblich, die Augen verquollen. In dem Zustand würde er bestimmt keine Sektgläser finden.

Ich könnte ihm sagen, wo sie stehen, dachte Bobo amüsiert.

»Jetzt mach schon die Flasche auf«, rief die karibische Schönheit, die auf einem Holzstuhl Platz genommen hatte.

»Aber nur, wenn du dich derweil ausziehst«, kommandierte der Mann.

Als er das goldene Drähtchen am Flaschenhals gelöst hatte, schoss eine Fontäne des edlen Gesöffs heraus. Der Korken flog in hohem Bogen durch den Wohnraum und durchschlug das Glas der Wanduhr. Aufgeregt fing sie an zu schlagen. Als hätte sie sich in der Uhrzeit geirrt.

Dem Hausherrn gelang es nicht, den Champagner einzugießen. Das Mädchen half ihm.

Dann prosteten sie sich zu.

»Auf eine lang andauernde Vögelei«, sagte der Mann, der sein Glas in einem Zug leerte.

»Auf eine gelungene Überraschung«, erwiderte die Schönheit.

»Lass uns nach oben gehen, da haben wir es bequemer.«

Och nein, dachte Bobo, nicht nach oben. Macht es doch hier, bitte. Er sah sich nach einer Möglichkeit um, möglichst schnell auf den Balkon zu gelangen.

Es gab keinen anderen Weg, als sich am Regenrohr hochzuhangeln.

Bobo scheute davor zurück. Vor Jahren wäre ihm ein marodes Regenrohr beinahe zum Verhängnis geworden. Er hatte damals sein Ziel, ein geöffnetes Fenster im ersten Stock eines Altbaus, schon erreicht, als das Abflussrohr aus der Verankerung riss und er in die Tiefe sauste. Glücklicherweise fiel er in einen Rosenbusch, der den Aufprall milderte. Wochenlang war er als Werbung für Pflaster herumgelaufen.

Er musste es wagen.

Diesmal hatte er Glück.

Zwischen den beiden Schlafzimmerfenstern war genügend Mauerwerk, um sich zu verstecken.

Bevor das Licht im Schlafzimmer angemacht wurde, hatte Bobo schon seinen Beobachtungsposten bezogen.

Nicht dass man ihn als Voyeur bezeichnen konnte, aber wer würde sich so ein Schauspiel entgehen lassen. Noch dazu, wenn es kostenlos war.

Inzwischen stand der Hausherr im Freien. Und vor ihm schräg nach oben stand sein Gustav, der so einen roten Kopf hatte, als wäre er gerade beim Lügen erwischt worden.

Der Mann begann, das Mädchen zu entkleiden.

Ungeschickt, ziemlich ungeschickt, dachte Bobo.

Sie wehrte sich heftig, aber nicht energisch genug.

Die Überraschung konnte größer nicht sein.

Die Hure war ein Bock.

Seine Erektion war jedoch mickrig, um nicht zu sagen, sie ging gegen Null.

»Egal«, rief der Mann und umarmte das Mädchen stürmisch, »*nobody is perfect!*«

Den Satz hatte Bobo schon mal irgendwo gehört.

8. Kapitel

In diesem Augenblick traf Bobo ein greller Blitz. Mitten ins Gesicht. In der Schlafzimmertür war jemand aufgetaucht und fotografierte.

Die beiden Männer fuhren auseinander. Zwei erstarrte, nackte Gestalten, die gerade jetzt für keinen Fotografen posieren wollten.

Ake Ericson hatte noch nie einen Job abgelehnt. Was die Leute immer hatten. Sahen sich doch gern die Skandalbilder an, die er schoss. Die gelben Blätter boomten. Adel in Unterhosen, TV-Nasen beim Koksen, Partyluder, Promis und falsche Propheten. Die Klatschpresse brauchte Futter. Täglich.

Als der Anrufer gesagt hatte, er wolle ein Foto von Carl-Ulrik Borg und seinem milchkaffeebraunen Sohn in eindeutiger Situation, hatte Ericson nur müde gescherzt. Über den Preis für das Foto brauchten sie nicht lange zu verhandeln. Der Anrufer hatte die Gage des Fotografen verdreifacht. »Die beiden werden sich übermorgen im *Svenssons* treffen.

Bleiben Sie nur dicht an Cubbe dran. Alles Weitere ergibt sich dann schon.«

Ericson kannte den prominenten Banker, der häufig in den Klatschspalten erschien. Allerdings stets mit seiner durchaus herzeigbaren Frau Kim und stets nur in den höchsten Tönen gelobt. Eine Karriere wie aus dem Märchenbuch des Kapitalismus.

Blitz. Das zweite Foto zeigte die beiden, wie sie in die Kamera starrten. Die Augen weit aufgerissen, ebenso ihre Mundöffnungen, die Schultern leicht angehoben. Als wollten sie gemeinsam etwas vorsingen. Ein Lied auf die Schönheiten der Liebe oder wenigstens einen Bachschen Choral.

Ake Ericson hatte seine Schnellste eingepackt. Sechs Bilder pro Sekunde. Eine Nikon der Profiklasse. Was hatte diesen Banker nur ins *Svenssons* verschlagen? Das war doch kein Lokal für jemanden aus seiner Liga. Das Restaurant mit seinem notorisch besoffenen Oberkellner Manolo, über den die ganze Stadt lachte, seinem Chefkoch, der keinen Stern an die Mütze bekam, und erst diesem mickrigen Publikum: lauter mittelmäßige Einkommen und ein paar Vollversager. Egal, Job war Job. Der Auftraggeber würde schon seine Gründe haben. Ake Ericson hatte sich dreißig Minuten vor Lokalöffnung in seinem BMW auf die Lauer gelegt. Man musste schon am Ort des Geschehens sein, bevor die Zielpersonen eintrafen. Alte Geheimdienstregel. Für die Wühlmäuse hatte Ericson auch schon gearbeitet. Die zahlten allerdings nicht gerade superb. An der Fahrerseite hatte sich der Fotograf eine Einwegscheibe einbauen lassen. Von draußen konnte niemand ausmachen, wen Ericson observierte.

Blitz. Das dritte Bild zeigte, wie beide Männer die Hände vors Gesicht hielten. Als könnten sie jetzt noch ihre Identität verbergen. Zu spät, alles war jetzt schon zu spät.

Der Fotograf hätte beinahe einen Lachanfall bekommen, als er Cubbe in dieser Aufmachung im *Svenssons* entdeckte. Das Toupet saß so falsch auf dem Kopf, dass jeder die Tarnung sofort durchschauen musste. Nicht nur so ein geübtes Auge wie Ericson. Er wäre beinah im Auto eingeschlafen. Es dauerte und dauerte, bis Cubbe sich zu dem Nüttchen setzte. Ake dachte, na gut, da wird sich in flagranti bestimmt was ergeben. Wen hatte er nicht schon alles beim Liebesspiel auf die Platte gebannt? In Hinterzimmern, auf Toiletten, in

Wäschekammern. Diese Promis trieben es doch, wo es ihnen gefiel. Der nackte Hintern eines englischen Popbarden war das Alpha-Foto von Ericson. Seitdem er dieses Bild vor Jahren auf die Titelseite vieler Boulevardblätter gebracht hatte, war er in Schwedens erste Liga aufgestiegen. Und das konnte er auch Monat für Monat an seinem Konto ablesen. Aus seinem sicheren Versteck hatte er beobachtet, wie die karibische Hure etwas in die Sauce rührte, als Cubbe mal für kleine Mädchen musste. Ein Signal zu erhöhter Wachsamkeit für Ericson. Jetzt durfte er sich nicht mehr seiner Schläfrigkeit hingeben. Er traute dem Anrufer zu, dass er dem Mädel zu diesem Pulver verholfen hatte. Sollte der Banker umgebracht oder nur aus dem Karriereweg geräumt werden? Ericson konnte nichts mehr überraschen. Nicht mal ein Mord. Hauptsache, er spielte sich vor seiner Linse ab.

Blitz. Auf dem vierten Foto standen zwei nackte Männer, die ihre Hände vors Geschlechtsteil hielten. Die Münder immer noch weit aufgerissen, in lähmender Erstarrung. Als wollten sie sich in dieser eindeutigen Situation keine Blöße mehr geben.

Ake Ericson hatte schon fotografiert, als die

beiden Zielpersonen auf dem Sofa Platz nahmen und Cubbe seine Hände nicht bei sich behalten konnte. Der 1000-ASA-Film machte keine Probleme trotz der schwachen Lichtstärke. Auch sein Achthunderter-Teleobjektiv hatte mitgespielt. Aber man musste warten können. Fotografie war die Kunst des perfekten Timings. Ein Bild von einem Banker und einer karibischen Nutte riss doch nun wirklich niemand mehr vom Hocker. Hätte man vielleicht als optische Briefmarke unter „Personalien“ abdrucken können. Mehr aber auch nicht. Es war kein Problem gewesen, dem Taxifahrer zu folgen. Auch wenn er ziemlich rasant in Richtung Saltsjöbaden fuhr. Noch nie hatte jemand seinen BMW abhängen können. Wie die beiden aus dem Taxi gewankt waren. Ake Ericson hatte seinen Wagen an der Straßenecke geparkt und sich seine Schnellste geschnappt. Wie sie über den Kiesweg zur Villa gestolpert waren. Kein Problem, die beiden zu verfolgen. Die schienen sich ja ziemlich sicher zu sein. Nur eines hatte den Fotografen irritiert: Hatte der Anrufer nicht gesagt, er solle Vater und Sohn ablichten? Und nun ein Techtelmechtel des Bankmanagers mit einer karibischen Nutte. Auch gut, aber dann musste das Foto wenigstens

Super-hoch-drei sein. Am besten mit Titten und Schamhügel.

Blitz. Das letzte Foto zeigte den ausgestreckten Arm von Borg, der auf den Fotografen zustürzte.

Cubbe ging zu Boden, weil er nicht bedacht hatte, dass die heruntergelassene Hose ihm zu wenig Bewegungsspielraum ließ. Aber mit einem entschlossenen Griff um die Beine des Fotografen brachte er auch diesen zu Fall.

»Wolltest du mit deinem Sohn vögeln?«, rief der Angegriffene.

9. Kapitel

Kai entriss Ericson die Nikon und warf sie durch das Schlafzimmerfenster. Mit einem lauten Knall zerplatzte die große Scheibe.

Der Fotograf kam als Erster hoch, während Borg sich die Hose von den Füßen strampelte.

»Halt ihn fest, Juana!«, schrie Cubbe vom Boden. Er schien schon wieder vergessen zu haben, was ihn gerade noch aus der Fassung zu bringen drohte.

Ericson ließ sich nicht festhalten. Das gehörte nicht zu seinen Tugenden. Er versuchte herauszufinden, welchen Weg seine wertvolle Nikon genommen hatte. Wie kam dieser Bengel dazu, sie einfach aus dem Fenster zu werfen?

Bevor er das breite Bett umrundet hatte, landete ein Schwinger in seinem Nacken, der ihn herumfahren ließ.

»Geh mir aus dem Weg, du nacktes Schwein!«, brüllte Ericson.

Kai überließ die handgreiflichen Auseinandersetzungen seinem Vater, sollten sich die beiden doch prügeln, wenn ihnen danach war. Ihm war nur daran gelegen, so schnell wie möglich aus dieser misslichen Lage zu entkommen. Also klaubte er seine Kleider zusammen, zog sich hastig im Laufen an und verschwand über die Treppe nach unten.

Ericson kam nicht aufrecht die Treppe hinunter, weil er von Borg mit Schlägen vor sich her getrieben wurde.

Bobo besah sich die Kamera. Das war Brot für mehrere Monate, und wenn er erst diese Fotos ... gar nicht auszudenken, welche Wendung dann sein Leben nehmen konnte. Er hatte nichts Eiligeres zu tun, als auf dem gleichen Wege, auf dem er gekommen war, den Balkon zu verlassen. Das Abflussrohr hielt diesmal auch. Wie ein aufgeregtes Kind bei der Bescherung schwenkte Bobo sein Geschenk hin und her, als er durch den Vorgarten in die Dunkelheit rannte. Zur rechten Zeit an der richtigen Stelle mit dem richtigen Gespür – das war ihm bisher in seinem Leben noch nie vergönnt gewesen.

Borg war es gelungen, Ericson kampfunfähig zu schlagen und ihn mit seinem Hosengürtel und einem Schlips an Händen und Füßen zu fesseln. Während

Kai den ungebetenen Gast im Auge behielt, zog sich der Bankmanager etwas über.

»So, und jetzt will ich die ganze Geschichte, Ake! Sonst kommst du hier nicht lebend raus.«

Der Fotograf hatte ein paar heftige Schläge einstecken müssen. Ihm war gar nicht nach reden zumute. Einen Auftraggeber preiszugeben war gleichbedeutend mit dem Ende der Karriere. Das sprach sich schnell unter den Kollegen herum.

»Lass uns nicht so lange warten, Ake. Oder soll ich es aus dir herausprügeln?«

Ericson versuchte einen Überraschungsangriff: »Hast du wirklich keine Ahnung, dass du mit deinem Sohn herummachen wolltest, Cubbe?«

»Das ist eine andere Sache, die hat dich gar nichts anzugehen. Los, für wen hast du die Fotos gemacht? Sag schon!!«

Borg holte aus und schlug dem Fotografen voll ins Gesicht.

»Das war nur der Anfang, Ake.« Er wandte sich an Kai. »Geh mal nach oben und schnapp dir die Kamera.« Borg hielt inne. »Wer immer du bist, du Früchtchen!«

Kai trollte sich. Ihm kam jetzt das Kleid von Juana

so fremd vor, dass er sich vornahm, im oberen Stock nach ein paar Männerklamotten zu suchen.

Ab und zu hörte er seinen äußerst wütenden Vater und die schwächer werdenden Schreie des Fotografen.

»Ich kenne den Mann nicht«, sagte Ake Ericson, »er hat mir nur gesagt, wo ihr euch trefft und basta. *Svenssons.* Ich sollte Vater und Sohn in eindeutiger Situation fotografieren, mehr hat er mir auch nicht verraten.«

»Das glaubst du doch selbst nicht, Ake. Jemand wie du, der muss sich doch absichern. Du läufst doch nicht blind durch die Welt und lässt dich von einem Unbekannten auf so einen Job schicken.«

Der nächste Schlag traf den Fotografen auf dem rechten Ohr. Es fing sofort an zu bluten.

»Wer wollte diese Fotos haben?«

»Ich sollte mit den Fotos machen können, was mir so einfiel. Je nach Qualität. Der Anrufer hat mir da völlig freie Hand gelassen. Ich hatte doch auch keine Ahnung, was da abgehen würde.«

»Du siehst genauso aus, als hättest du keine Ahnung. Ich will den Namen, und zwar ein bisschen plötzlich, sonst muss ich handgreiflich werden.«

Die Geschichte, die Ake Ericson stückweise – zwischen heftigen Schlägen – von sich gab, handelte von einem früheren Konkurrenten Borgs, Björn Andersen. Er kannte den Bankkollegen aus der Zeit, als Cubbe sein Verhältnis mit Maria Belmar unterhielt. Später hatten sie um den gleichen Posten bei *NGE* konkurriert, und Björn war unterlegen gewesen. Nicht nur das, Cubbe tat alles, um diesen Mann nie mehr hochkommen zu lassen.

»Und du spielst dieses dreckige Spiel mit, Ake, nur um mich zu kompromittieren.«

»Das ist mein Job, Cubbe. Ich muss in dem Dreck wühlen, in dem ihr lebt! Jedem das Seine.«

»Ein Schweinejob, den du da hast.«

»Ist deiner sauberer? Dann lass uns tauschen. Ich würde auch gern mal mit sauberen Händen dastehen.«

Carl-Ulrik Borg holte erneut zum Schlag aus, aber Kai fiel ihm in den ausgestreckten Arm.

»Die Kamera ist weg. Ich kann sie nirgends finden.«

»Die kann gar nicht weg sein«, fuhr Cubbe ihn an. »Such gefälligst genauer. Dieses Schwein wird dir dabei helfen.«

10. Kapitel

Am Sonntag servierte der Chefkoch *Kaldolmar*, mit Hackfleisch und Reis gefüllte weiße Kohlblätter, die kunstvoll auf einem Rosenbett angerichtet waren, das aus gedünsteten roten Kohlblättern geformt war. Die braune Sauce, die dazu gereicht wurde, war mit Sirup und Preiselbeeren gewürzt.

Carl-Ulrik Borg hatte für zwanzig Uhr einen Tisch bestellt, um seinem Sohn die freudige Überraschung selbst zu überbringen.

Kai hatte sich ein wenig verspätet. Er erschien in Lederweste und Westernstiefeln. Eine kleine Anspielung an ihr erstes Zusammentreffen.

Manolo war sehr misstrauisch, als er die beiden Männer zum Tisch führte.

»Hatten Sie nicht Lokalverbot?«, stammelte er.

»Wir doch nicht«, kam es fast gleichzeitig von den beiden Gästen zurück.

»Sie müssen uns verwechseln«, fügte Cubbe an.

Kai hatte seinem Vater ohne Probleme beweisen

können, dass er tatsächlich sein Sohn war. Marias Tagebuch hatte Borg zu Tränen gerührt. »Wenn ich gewusst hätte, was ich da angerichtet habe«, Cubbe hatte versprochen, an Kai alles wieder gutmachen zu wollen.

Trotz allen Suchens blieb die Nikon von Ericson verschwunden. Der Banker hatte dem Fotografen gedroht, wenn auch nur ein Sterbenswörtchen über diese verrückte Nacht an die Öffentlichkeit kommen würde, könnte er sich vor Beleidigungsklagen nicht mehr retten. Ericson hatte den Verlust seiner Kamera schneller verschmerzt, als seine Blessuren verheilt waren.

»Meine Tochter hat eingewilligt«, begann Cubbe, »sie verzichtet auf das Haus, stattdessen möchte sie einen Bauernhof in der Toskana. Kein Problem, das lässt sich regeln. Du kannst die Villa in Saltsjöbaden sofort beziehen.«

Kai legte die rechte Hand auf die seines Vaters. »Das wäre nicht nötig gewesen, wirklich nicht.«

Als Morgengabe hatte Borg dafür gesorgt, dass Kai einen PR-Job bei *Nordic Global Enterprises* bekam. Dort sollte er sich speziell um die Frauen kümmern, die in die obersten Etagen internationaler Banken vorgedrungen waren. Aber, bitte, keine Tootsie-Nummern mehr.

Über ihre erste gemeinsame Nacht herrschte zwischen ihnen Stillschweigen. Sie war mit keiner Silbe mehr erwähnt worden.

»Ist das Ihr Sohn, Cubbe?«, wollte ein Gast vom Nebentisch wissen.

»Nein«, antwortete Carl-Ulrik Borg, »das ist ein guter Freund von mir.«

Diese Darstellung hatten die beiden Männer für die Öffentlichkeit abgesprochen.

Bobo stand vor der großen Fensterscheibe des *Svenssons* und schaute ins Restaurant.

Das konnte kein Zufall sein. Dort saßen, allerdings ohne Maskerade, die beiden Menschen, die sein Leben so komplett verändert hatten. Nicht zu fassen. Vater und Sohn. Einträchtig gegenüber.

Am liebsten hätte er ein Foto gemacht. Auch wenn das Bild nicht zu seinen Themen passte. Die Welt von unten, Stockholm an den Rändern, *the dark side of the city.* Schon mit den ersten Aufnahmen, die Bobo bei einer großen Tageszeitung abgeliefert hatte, war der Erfolg gekommen. »So wie Sie fotografieren, macht das keiner in meinem Stall«, hatte der Chefredakteur des Blattes ihn gelobt. »Das ist das Schwarzbrot, das unsere Leser haben wollen.« Das verlotterte Aussehen des jungen Fotografen hatte der Chefredakteur für Berufstarnung gehalten.

Einige Jahre später erschienen Bobos Fotografien auf den Titelseiten von *Time* und *Life*.

Die fünf Aufnahmen von dem nächtlichen Zusammentreffen hatte Bobo nie entwickeln lassen. Noch immer lag das Negativröllchen in der Fototasche, die Bobo am nächsten Morgen in der Innenstadt hatte mitgehen lassen.

Über die Reihe

GourmetCrime ist die einzige Buchreihe der Welt, zu der internationale Autoren original ihre Texte beitragen.

GourmetCrime vereint drei Trends in einer Buchreihe:
Genuss gilt nicht mehr als Luxus, sondern ist mehrheitsfähig geworden, und so ist es geradezu schick, auch von gutem Essen und Wein etwas zu verstehen.
Die Reiselust wächst unaufhaltsam, und es gibt keine größere Stadt auf der Welt, in der sich nicht auch deutsche Touristen heimisch fühlen.
Krimis sind seit Chandler und Hammett anerkannte Literatur, und heute steht Kriminalliteratur in der gesamten westlichen Welt auf den Bestsellerlisten.

Über den Autor

Maj Sjöwall, geboren 1935, arbeitete zwischen 1954 und 1963 als Redakteurin, Journalistin und Übersetzerin bei verschiedenen schwedischen Verlagen. 1962 heiratete sie den Journalisten Per Walhöö. Zusammen schrieben sie die erfolgreiche Inspektor-Martin-Beck-Reihe. Sjöwall arbeitet heute als Übersetzerin und Autorin.

Über den Herausgeber

Jürgen Alberts ist einer der bekanntesten deutschen Kriminalschriftsteller. Er hat eine Romanserie über seine Heimatstadt Bremen verfasst und organisiert internationale Krimi-Events. Seine Bücher wurden mit mehreren Preisen ausgezeichnet und in viele Sprachen übersetzt. Er reist und kocht gern.